VANESSA MAI

Die Reise beginnt

EDEL

Liebes MAITEAM,

wir leben in einer Zeit, in der es manchmal nur noch darum geht, Dinge immer schneller und effektiver zu erledigen. Ein Emoji ersetzt unsere Antwort, ein Handyvideo unser Gedächtnis und zur Not weiß Google immer Bescheid.

Umso wichtiger finde ich es, besonderen Dingen den Platz zu schenken, den sie verdienen.

Als wir Anfang 2018 die Idee zu diesem Bildband hatten, stand mit REGENBOGEN LIVE die größte Tour meiner Karriere bevor. In 15 Städten kam unser MAITEAM zu Tausenden für unvergessliche Abende zusammen und feierte. Zumindest für ein paar Stunden ließen wir den Alltag vor der Tür und genossen einfach: das Leben, die Freundschaft, die Liebe, die Musik und noch vieles mehr.

Heute ist diese Tour schon eine gefühlte Ewigkeit her. Und ich wollte etwas kreieren, das uns für immer an diese Zeit erinnert. Etwas, das wir nicht nur digital abspeichern, sondern das beständig ist. Deshalb haltet ihr jetzt diesen Bildband in der Hand.

»Die Reise beginnt« – was heißt das eigentlich?

Für mich sind diese drei Worte, die ich mal als Hashtag bei Instagram benutzt habe, schon ein geflügelter Begriff und vor allem durch REGENBOGEN LIVE zu etwas wie einem Lebensmotto geworden:

Statt das ganze Leben als eine Reise zu betrachten, sehe ich viel lieber jeden Moment wie eine Reise für sich. Eigentlich beginnt jeden Morgen eine neue Reise, die wir genießen müssen. Jeder Moment, in dem ich mit Ikaro spazieren gehe, mit Andreas lache, mit Freunden telefoniere, neue Menschen kennenlerne, im Studio einen neuen Song einsinge, mir Gedanken über die nächsten Konzerte mache oder Zeit mit euch verbringe – alles ist immer eine ganz eigene Reise.

Und so ist es auch mit diesem Bildband. Wann immer ihr ihn aufschlagt, beginnt eine Reise – wann sie endet, entscheidet ihr ganz allein. Und wenn ihr an einem Konzertabend dabei wart, erinnert er euch vielleicht auch an eure ganz eigene Reise von REGENBOGEN LIVE. Dank der unglaublich tollen fotografischen Arbeit von Marvin, der schnell ein Teil unseres Teams wurde und den ich schon nach wenigen Momenten gar nicht mehr wahrgenommen habe, nehme ich euch sehr privat und nah mit auf meine Reise von REGENBOGEN LIVE.

Von der Vorbereitung zu Hause und dem Kofferpacken über viele Backstage-Momente mit meiner Band und meiner Crew, Erinnerungen an unsere MAITEAM-Begegnungen bei den Soundchecks bis hin zu ungesehenen Perspektiven während der Konzerte – mit diesem Buch werden wir uns für immer daran erinnern können, was im Frühjahr 2018 passiert ist. Bei der Foto-Auswahl ging es mir nie um das optimale Licht oder das perfekte Lächeln, sondern immer um die größtmögliche Nähe, Ehrlichkeit und viele Emotionen.

Rückblickend betrachtet, war REGENBOGEN LIVE nicht nur die bislang größte, sondern mit Sicherheit auch die intensivste Tour meines Lebens. Aber was vor allem in meinen Erinnerungen bleibt, ist ein unbeschreibliches Gefühl der Hingabe und Liebe für die Bühne und für euch, mein MAITEAM. Ihr habt mir jeden Abend so viel geschenkt und jedes Konzert zu etwas Besonderem gemacht. Dafür danke ich euch von ganzem Herzen und wünsche nun viel Spaß auf dieser Reise …

Eure

DIE REISE
BEGINNT...

ZU HAUSE

Hier geht es los – dort, wo ich mich am wohlsten fühle und wo Andreas und Ikaro sind: Zuhause. Egal, wie viel Trubel und Hektik mir draußen begegnen, hier schließe ich die Tür und atme durch. Hier komme ich zur Ruhe und tanke Kraft. Aber denkt ja nicht, dass ich hier abschalte – Abschalten liegt mir generell nicht, wie ihr wisst …

Kofferpacken gehörte während der Tour für mich zur Routine. Und Ikaro wusste auch ganz schnell, welche Dinge eingepackt werden und welche nicht …

MEIN GLÜCKSBRINGER

Ikaro war während der Zeit von REGENBOGEN LIVE nicht mal zwei Jahre alt – er steckte also mitten in der Hundepubertät. Und so sehr er manchmal seine verrückten Minuten hat, ich kann mir nicht mehr vorstellen, wie es ohne ihn wäre. Ein Spaziergang mit Ikaro ist für mich (meistens) pure Entspannung und die sprichwörtliche Ruhe vor dem Sturm.

NY

KUSCHELN & TOBEN

Unsere große Runde führt Ikaro und mich immer über viele Wiesen. Da wird dann ausgiebig rumgealbert, gespielt und gekuschelt.

Ich bin ein echtes schwäbisches Landei und will hier am liebsten auch nie wieder weg. Vor allem während des hektischen Tour-Alltags genieße ich jede Minute zu Hause und die Natur vor unserer Haustür auf eine ganze besondere Art.

PRIVAT

Zuhause habe ich es gern ordentlich und liebe es, den Haushalt zu machen. Wenn wir dann für mehrere Auftritte am Stück unterwegs sind, komme ich natürlich viel lieber in eine saubere Wohnung zurück, also wird noch mal schnell Hand angelegt, bevor wir uns auf den Weg machen ...

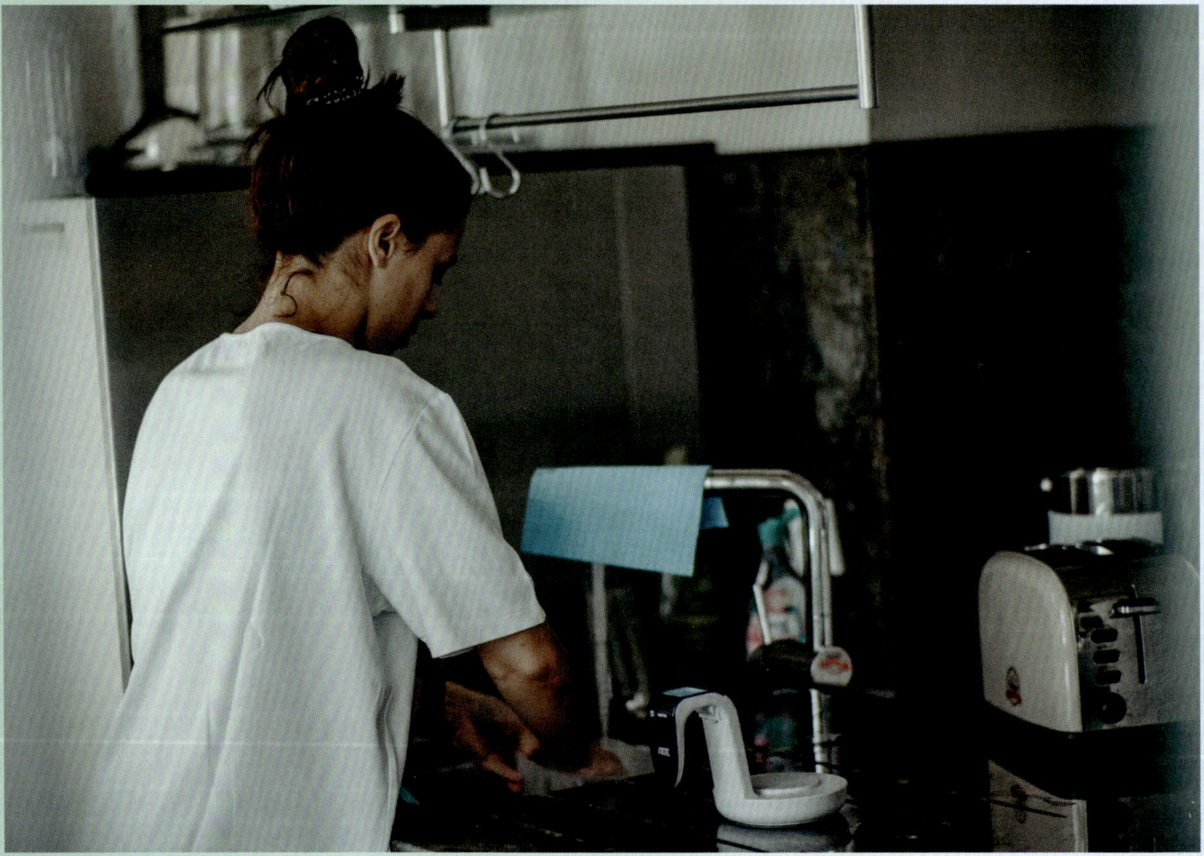

Ungeschminkt und noch etwas verschlafen beginnt der Tour-Tag für mich. Die Crew und meine Band waren dann meist schon einige Stunden da – so wie hier Keyboarder Sebi.

SPIEGLEIN, SPIEGLEIN …

Mein erster Tagesordnungspunkt war in der Regel immer der Weg in die Maske zu Anelia. Während der zwei Stunden Make-up habe ich immer mindestens eine Flasche Zitronen-Ingwer-Gurken-Wasser getrunken – und den einen oder anderen Schokoriegel fürs gute Gefühl verdrückt.

VANESSA MAI
REGENBOGEN

MEET & GREET

Eure Fangeschenke sind immer im Nightliner mitgereist, bis Andreas und ich sie in unserem Auto mit nach Hause genommen haben.

Wenn die Show näher rückte, wurde es nochmal Zeit für ein Touch-up von Ani.

SOUND?
CHECK!

»Hier habe ich Netz, hier bleibe ich stehen!«

Nach einigen Stunden in der Halle freut man sich natürlich auch über frische Luft und Sonnenlicht – und das eine oder andere bekannte Gesicht unseres MAITEAMs!

So wie hier zum Nachhol-Termin in Rostock war Ikaro übrigens bei jedem Tour-Konzert an unserer Seite und hat das Reisen wirklich lieben gelernt.

juicy

DURCHATMEN

Apropos Rostock, das möchte ich an dieser Stelle kurz erwähnen: Seitdem dieser Unfall passiert ist und ich weiß, wie viel Glück im Unglück ich hatte, gehe ich noch viel bewusster mit meinem Körper und mit jeder freien Minute um. Ich lerne, dass es wirklich stimmt: In der Ruhe liegt die Kraft.

Manchmal tut es auch die aktive Erholung mit Ikaro.
Er hat aber dann meist nicht nur mich oder Andreas, sondern direkt die halbe Crew auf Trab gehalten. Einmal hat er sogar die Setlist aus dem Produktionsbüro stibitzt – das Flur-Wettrennen war ein echtes Backstage-Highlight!

Mit meinem musikalischen Direktor und Bassisten Martin habe ich vor jeder Show letzte Details besprochen und Feinheiten angepasst. Auch wenn es euch vielleicht gar nicht aufgefallen ist und so sehr wir in den Vorbereitungswochen schon geprobt haben, es ändert sich im Verlauf einer Tour dann doch immer noch einiges. Kein Abend gleicht einem anderen...

SHLGR
SQUAD

ARRRGHH!

Rauchen verboten
Strictly no smoking
Marshall
Marshall

Er hatte zu jeder Zeit alles im Blick: Giacomo begleitet mich nun schon viele Jahre in verschiedensten Funktionen und hat auf jeden Fall das Herz am rechten Fleck. Während dieser Tour war Giaco bei jeder Show an meiner Seite und das eine oder andere Mal wäre ich ohne ihn ganz schön aufgeschmissen gewesen!

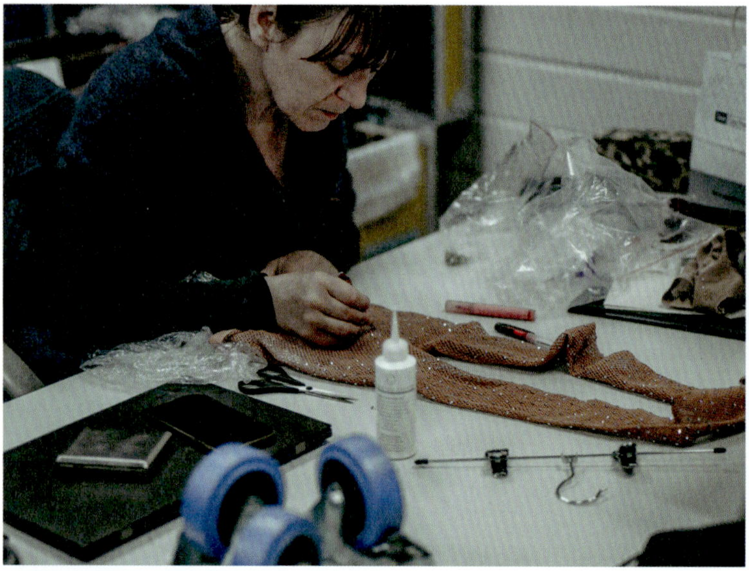

IACOMO

JAMES BLAK

SHLGR
SQUAD

SQUAD GOALS!

Von links nach rechts seht ihr (mal abgesehen von meiner Wenigkeit) Keyboarder Sebi, Schlagzeuger Flo, Gitarrist Jan und Bassist Martin. Gemeinsam sind sie der/die/das SHLGRSQUAD – die beste Band, die ich mir hätte wünschen können. Und nachdem Flo diese T-Shirts hat bedrucken lassen, wollte übrigens die gesamte Crew auch so eines haben …

Volvic

DER FAMILIEN-RAT TAGT ...

VANESSAMAI
CREW

CREW

EARLY ENTRY

Zwei Stunden vor Konzertbeginn durften bereits einige aus unserem MAITEAM mit einem »Early Entry Pass« zum offiziellen Soundcheck in die Hallen und Arenen. Es waren nicht selten über 100, manchmal sogar bis zu 350 Personen – das war der absolute Wahnsinn und jeden Tag ein ganz besonderer Moment für mich!

VANESSA MA
CREW

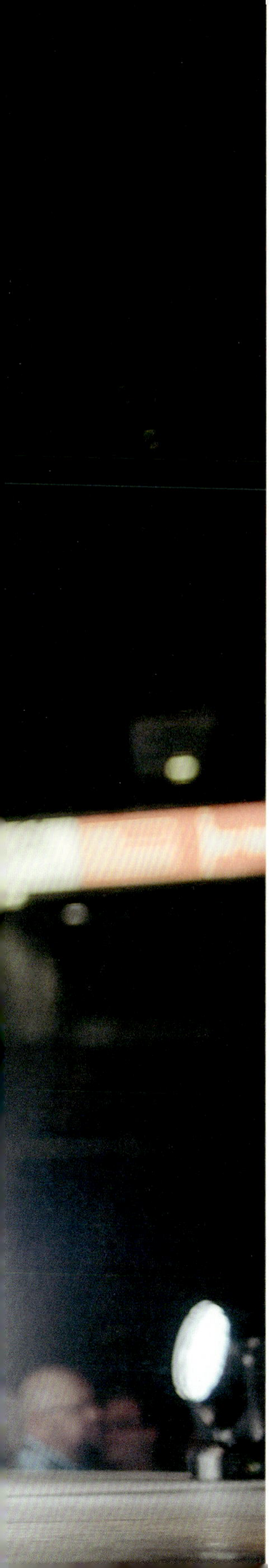

Ich habe schon bei den Soundchecks so viel Energie und gute Laune tanken können, dass am Abend eigentlich nichts mehr schief gehen konnte. Eure Warmherzigkeit, euer Respekt und euer Verständnis für manche spontane Umstände haben mir immer wieder gezeigt: #MAITEAMISSTRONG

VANESSA MA
REGENBOGEN LIVE 201
CREW

Für die Show in der Arena in Oberhausen gab es zum ersten Mal einen größeren Steg vor der Bühne. Daran mussten meine Dance-Crew und ich uns natürlich erstmal gewöhnen und dafür haben wir auch extra an den Performances gefeilt.

TOUR-HAZER II

ERL

LES PAUL

Ungefähr 15 Minuten vor Show-Beginn war ich mit allem fertig und konnte im ersten Kostüm mit der Crew das Warm-up starten …

SCHLAGER

Roll is a hard life!

Wenige Augenblicke bevor im Saal das Licht ausging und die Show starten sollte, haben wir uns noch einmal alle im Kreis versammelt.

SEID IHR
BEREIT?

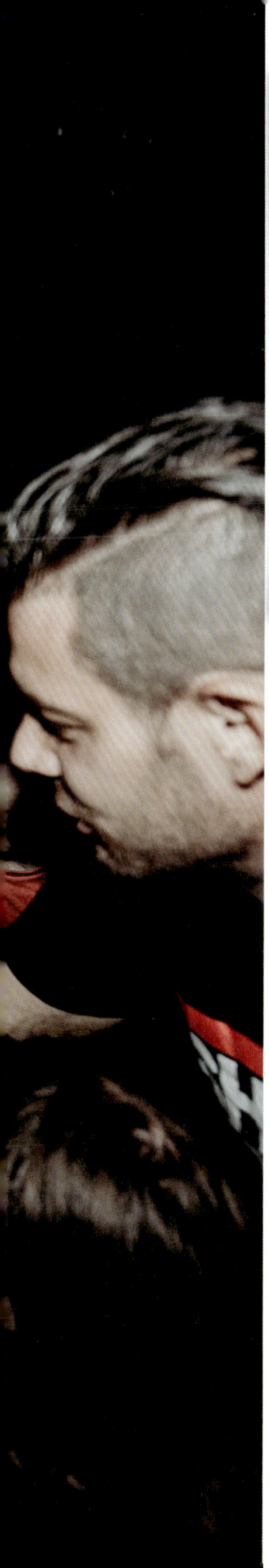

Crew Cam

WHOOP WHOOP!

Es variierte wirklich von Abend zu Abend, wer ein paar letzte Worte im Kreis sagte. Ganz wichtig war aber: Es musste auf Englisch sein, damit auch meine sechs grandiosen Tänzerinnen und Tänzer aus Großbritannien wussten, was gesagt wird! Nicht selten wurde es dabei auch mal emotional, so wie ihr links in Bildern aus Berlin seht …

Auch das ist ein Ritual vor jedem Konzert, auf das ich bei der Tour nie verzichtet habe: Bevor Andreas sich in die Regie verabschiedet und ich mich auf den Weg zur Bühne mache, geben wir uns die Faust.

Nach dem Verkabeln für den Ton gab es noch einen letzten Kostüm-Check, ehe Giacomo mich zum Startpunkt für die Show begleitet hat. Jetzt gab es keinen Weg mehr zurück – aber rückwärts ist sowieso nicht meine präferierte Richtung … ;-)

DATA I
DATA II

139
LEDitgo sB8

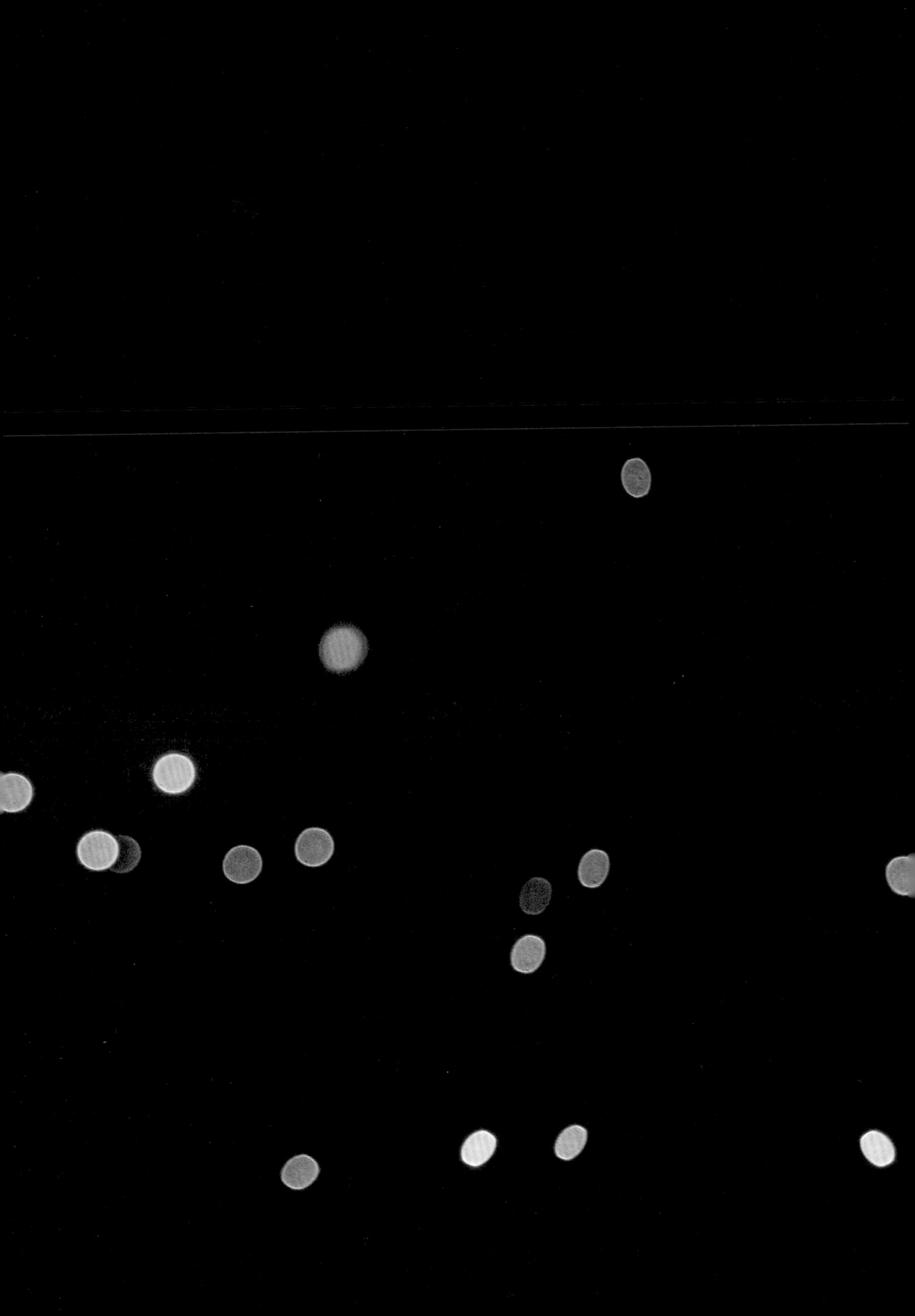

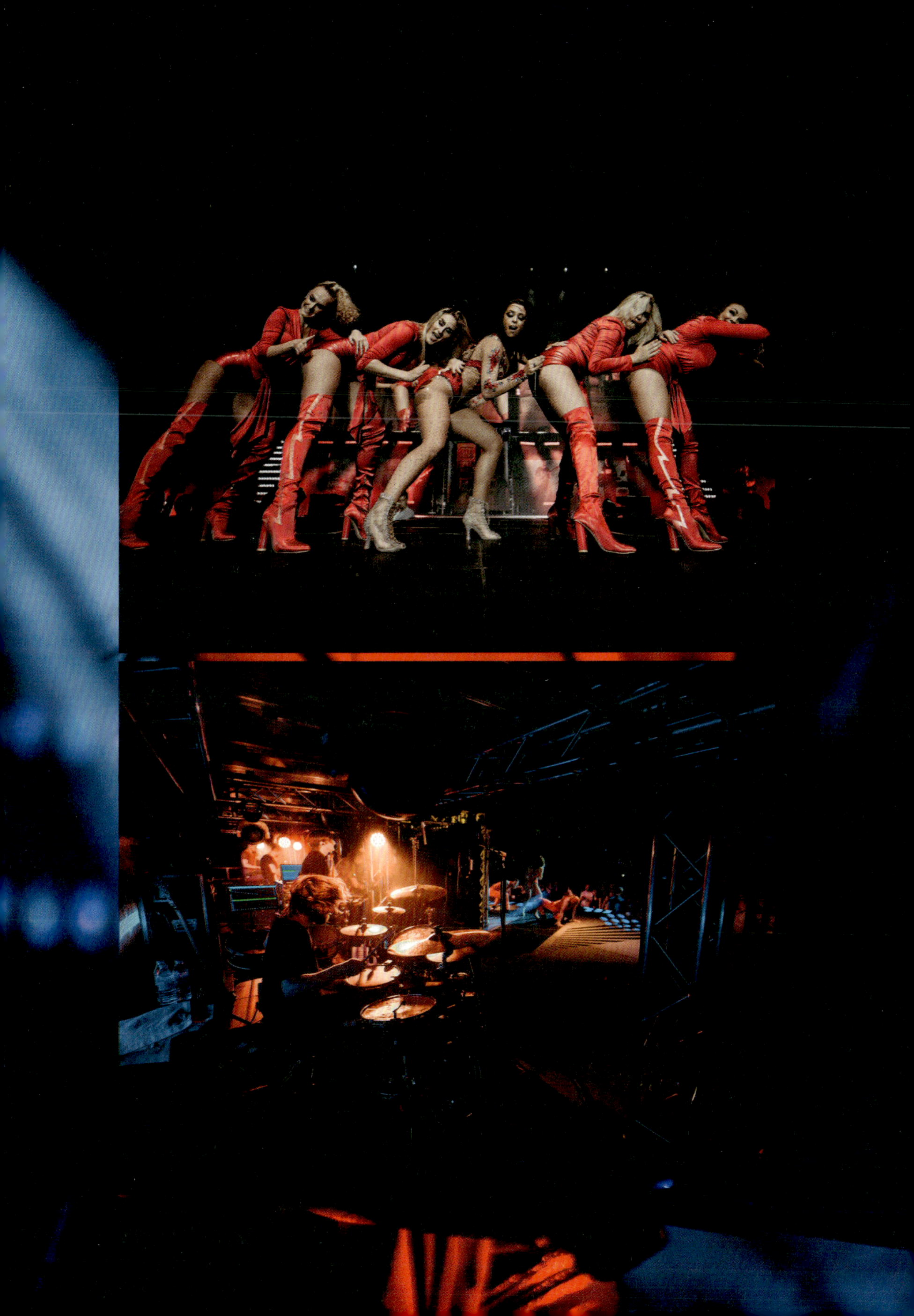

ANS

– In all Deinen Farben
– Wolke 7
– Moderation
– Regenbogen
– Moderation
für Dich
für Dich

Crew Cam

Crew Cam

Crew Cam

GLEICH GEHT'S
WEITER...

Champion
SCHLAGER

»Mach aus dem Orange ein Gelb – und atme durch.« Das waren fast immer meine ersten Gedanken, als ich von der Bühne in die Pause zu meiner Garderobe ging. In den knapp 20 Minuten hatte ich dafür genügend Zeit.

Der sogenannte »Quick Change«, bei dem ich das Outfit während der Show gewechselt habe, durfte meist nicht länger als 30 Sekunden dauern. Da musste also jeder Handgriff sitzen, auch wenn mein Ellenbogen leider doch mal in Giacomos Bauch oder einmal sogar am Kopf landete … Aua!

6
Tor OL 3
Tor OR 1

Crew Cam

VANESSA MAI
CREW

Crew Cam

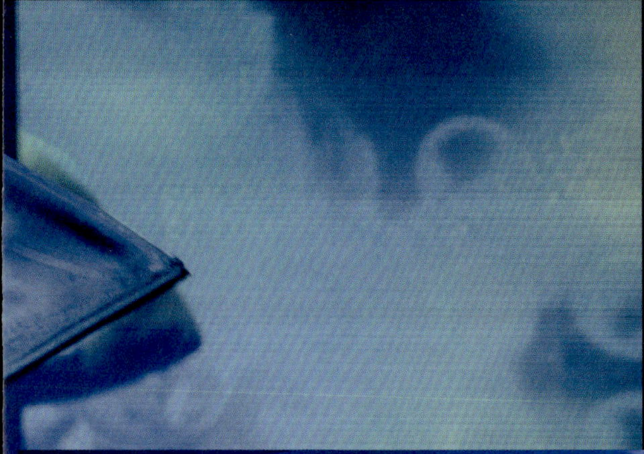

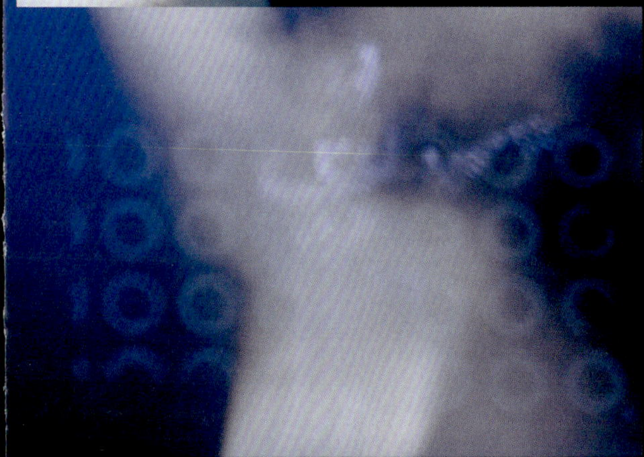

FREUDEN-
TRÄNEN

»Und ein Regenbogen zeigt den Weg
Zwischen Traum und Nacht, wie es weitergeht
Und ich werde immer bei EUCH sein, für immer!«

Crew Cam
Crew Cam
Crew Cam

AFTER
SHOW

Die Show war vorbei und ich mega happy! Dieses Glück musste ich allen zeigen und egal wie verschwitzt ich war: Jeder, der in meiner Nähe war, wurde gedrückt. Als erstes Andreas und natürlich auch mein Papa Marino (oben links).

SPZ

Crew Cam

WURST
PARTY
mit
VANESSA MAI

vom Holz

Diese Fotos sind bei der »WURST-PARTY« zum Abschluss der Tour im Parkhaus der Arena in Stuttgart entstanden. Natürlich haben auch einige von euch davon Wind bekommen, aber umso besser war die Stimmung im Parkhaus! Für einen Großteil der Crew und mich ging es dann noch in der Nacht weiter nach Mainz zu einer bekannten TV-Sendung. Eine richtige Abschlussfeier mit Open End steht daher noch aus …

Crew Cam